おはなし日本文化

相撲《すもう》

ドッシリ！どす恋《こい》

DOSSIRI! DOSUKOI

須藤靖貴《すどうやすたか》 作　福島《ふくしま》モンタ 絵

講談社

1　フワフワなぼく

町に桜《さくら》の甘《あま》いにおいがただよっている。

フワフワと気持ちがはずむ。

新学期だ。

ぼくの通う花《はな》ノ木《き》小学校《しょうがっこう》は市内の桜《さくら》の名所のひとつ。校門から校舎《こうしゃ》までの50メートルくらいの道の両脇《りょうわき》に桜《さくら》が満開になる。

「桜並木《さくらなみき》の花ノ木小」って言われるくらいだ。

5年生に上がると、いろいろと変わることがある。

クラスも担任《たんにん》の先生も持ち上がりで、1年生から使っているランドセルも同じだけど、胸《むね》につける名札が新しくなる。

「花ノ木小学校　5年2組　錦戸翔《にしきどしょう》」

ぼくが一所懸命《いっしょけんめい》に書いた。

ちょっとヘタクソな字だけど、４年生までは母さんが書いてくれてたから、これはこれで、なんだか誇《ほこ》らしい。

そんな名札なのに、４月の登校初日にいきなり忘《わす》れて先生に怒《おこ》られた。

「錦戸くんはね。気持ちが前へ前へ行っちゃうよね。いまに集中しようよ。じっと落ち着いて、いま、なにが大事なのかを考えてみよう。紙に書き出すといいかもね。」

岡紀子《おかのりこ》先生にお説教されちゃった。

この前の通信簿《つうしんぼ》にも「行動力がある反面、少し落ち着きがない」なんて書かれて、母さんはため息をついてしかめっ面《つら》をした。

父さんが「元気があっていいじゃないか。」って言うと、「それもそうよね。10歳《さい》くらいで落《お》ち着《つ》き払《はら》っても、ヘンかもね。」って笑ってた。

ぼくも全然気にしない。怒《おこ》られたってへっちゃら。

でも先生の言うことは当たってる。

ほんとうにぼくの気持ちは前へ前へ行っちゃってるから。

前へ前へ、そして上へ上へ。気持ちも体もフワフワしてるんだ。

5年生になって変わったことでいちばんうれしいのは席順だ。

ぼくの左隣《ひだりどなり》には美彩《みさ》ちゃんが座《すわ》っている。

背《せ》の高さとか視力《しりょく》とかで岡先生が決めた席順だけど、ぼくにとっては最高の幸運だ。これが、ぼくがフワフワしてる最大の理由かも。

松山《まつやま》美彩。

成績《せいせき》トップで4年生のときにはクラス委員だった。ショートの髪《かみ》が清潔《せいけつ》そうで、いつでも背筋《せすじ》を伸《の》ばして笑っている。

そんな美彩ちゃんのことが、ぼくは大好きなんだ。

だから、学校へ行くのが楽しくて、うれしくてしょうがない。

勉強は得意《とくい》じゃないけど、授業《じゅぎょう》を受けるのが楽しくて。もう、走って校門に飛《と》び込《こ》んじゃうくらい。

早く家を飛び出したいから、名札くらい忘《わす》れちゃうよ。

ついでに教科書だって忘《わす》れちゃう。

でもそれはわざと。

教科書を忘《わす》れると美彩ちゃんが見せてくれる。

机《つくえ》をぴったりと寄《よ》せてくれるんだ。美彩ちゃん、やさしいなぁ。

もうひとつ、5年生になって新しく始まることがある。

クラブ活動だ。

野球やサッカーや卓球《たっきゅう》といったスポーツ系《けい》、絵画《かいが》、読書、将棋《しょうぎ》といった文《ぶん》化系《けい》。どちらかに入る。

週に2回、水曜と金曜の放課後に1時間ほど活動する「ゆる〜い」クラブなんだ。始まりもゆるくて、5月の終わりから。ゆっくりと決める時間がある。

ぼくはもう決めている。

断然《だんぜん》スポーツ系《けい》。サッカーだ!

サッカーは世界的な人気スポーツで、日本人選手も海外で大活躍《だいかつやく》。フォワードの選手が髪《かみ》をなびかせて走る姿《すがた》はカッコいい！

あんなふうに活躍《かつやく》したい。

美彩ちゃんは読書部に入るって。もっとたくさん本を読みたいからって。

へえと思うけど、素朴《そぼく》な疑問《ぎもん》もある。

美彩ちゃんはいつでも本を読んでるんだから、わざわざ部活で読書しなくても、って。

それを本人に言うと、「あんまり興味《きょうみ》がない本を、集中して読みたいの。」だってさ。その理由も、ぼくにはよくわからないけど。

ぼくはじっとしているのが苦手。

本に集中できなくて、10分ももたない。楽しいことが次々に頭に浮《う》かんできて、すぐに動きたくなっちゃうんだ。

フワフワしてる。やっぱり、落ち着きがないんだよね。

2　ぼくが相撲大会《すもうたいかい》に出る？

桜《さくら》の花が散り終えた4月の終わりごろ。

あーちゃんが家に遊びにきた。

あーちゃんは母さんのお母さん、おばあちゃんだ。

若々《わかわか》しくておしゃれで、「『ばあちゃん』とか『ばば』ってイヤだから、あーちゃんって呼《よ》んで。」ってことで、「あーちゃん」になった。髪型《かみがた》がフワフワとして、その髪《かみ》をゆらしながらしゃべるんだ。

おじいちゃんはもう亡《な》くなっていて、近所にひとりで住んでいる。あーちゃんはぼくの家までやってくる。

あーちゃんはいつでもニコニコとして超《ちょう》おしゃべり。紅茶《こうちゃ》を飲み、クッキーやおせんべいを食べながら、母さんとずっとしゃべってる。

ふたりとも超早口《ちょうはやくち》。しゃべって笑って、にぎやかなんだ。たまにふたりの話に耳をかたむけると、話題がどんどん変わる。はっきり言ってついていけない。

でもそんな雰囲気《ふんいき》がぼくは大好き。

あーちゃんが家に来ると、ふだんから明るい家の雰囲気《ふんいき》がもっともっと明るくなる。ぼくの気持ちもウキウキ、フワフワしてくるんだよね。

今日もぼくが帰るとあーちゃんがきていて、「おだんご買ってきたわよ！」って玄関《げんかん》まで迎《むか》えにきてくれた。

ぼくは両手を上げて飛《と》び跳《は》ねた。あーちゃん行きつけの和菓子屋《わがしや》さんのだんご、すごくおいしいんだ。

「そうそう。練習、やってる？　練習じゃなくて稽古《けいこ》か。しっかりやるんだよ。」

テーブルに着いたときに、あーちゃんはそう言った。

ぼくは「？」って感じで少し腰《こし》を上げた。

なんだ、練習って？

「翔ちゃんは細くて小《ち》っちゃいから、なるべく低くもぐり込《こ》んで、相手の足を取るといいかもね。」

「あーちゃん、なに言ってるの？　ちょっと意味、わかんない。」

「だから、相撲《すもう》だって。相撲《すもう》大会《たいかい》だって。しっかり稽古《けいこ》するんだよ。」

相撲大会《すもうたいかい》？　なにそれ？

母さんが説明してくれた。

町の体育館《たいいくかん》脇《わき》に相撲《すもう》土俵《どひょう》がある。５月の終わりごろ、そこで相撲大会《すもうたいかい》をやるらしい。

小学生の部に、ぼくが出るっていうんだ。

あーちゃんが勝手に申《もう》し込《こ》んじゃったんだ！

ぼくはだんごをのどに詰《つ》まらせて、せき込《こ》んできな粉《こ》をテーブルに吐《は》き出《だ》してしまった。

「言ってなかったっけ？」

聞いてないよ！

まただ。なんでも思いついたら自分で決めて、とんとんと話を進めちゃう。あーちゃん得意《とくい》の先走りだ。

「そういうことだから、がんばれ。しっかり稽古《けいこ》しな。」

「やだよ、やだやだ。相撲《すもう》なんてやだよ。」

「翔ちゃん、落ち着きがないって通信簿《つうしんぼ》に書かれたでしょ。いつもソワソワして、なんかフワフワしてるしね。相撲《すもう》の稽古《けいこ》をすると、落ち着きが出てくるんだから。」

ソワソワ！　フワフワ！

まいっちゃうな。

なんでぼくの性格《せいかく》のことを、いまここで言われなきゃいけないんだろう。それをなんで相撲《すもう》といっしょにされなけりゃいけないんだろう。

たしかに、落ち着きのないことで担任《たんにん》の岡先生にもよく怒《おこ》られる。

この前の算数のテスト、50点だった。

それで岡先生に呼《よ》びつけられたんだ。

「本当は80点なのに。ほとんどがうっかりミスですよ。」

問題がわからないわけじゃなくて、単純《たんじゅん》な計算ミスが30点分もあった。

「もったいないミスが多いの。もっと落ち着いて問題に取り組みなさい。そのときに集中しなさい。そのことだけに集中しなさい。」

そう怒《おこ》られたばかりだ。

テストのとき、「あ、できた。」と思うと、ふとちがうことを考えちゃう。美彩ちゃんのことやサッカーのこと、今日の夕ご飯のことなんかが次々に頭に浮《う》かんでくる。

先生の言うとおり、テストに集中してないことが多いかも。

国語のテストでも、文の最後に「。」をつけ忘《わす》れて、赤字で「今度やったらバツですよ！」って書かれちゃったし。それを聞いたあーちゃんは「マルを忘《わす》れる人は、まるでダメなのよ。」って言ってたな。

でもさ。そのことと相撲《すもう》が、なんでくっついちゃうんだろう。

なにも相撲《すもう》じゃなくたって。サッカーの練習だって集中力はつきそうなもんだ。

そもそも、ぼくは相撲《すもう》に興味《きょうみ》がまったくない。

テレビで観《み》たことはあるけど。大きな人たちが裸《はだか》で、へんな髪型《かみがた》して。古くさい感じがする。

サッカー選手とは全然ちがうじゃん。

信じられないくらい太っている人もいてさ。はっきり言って、相撲《すもう》の力《りき》士《し》ってカッコよくないよ。

「翔ちゃん、なにをしかめっ面《つら》してるのよ。口のまわり、ちゃんと拭《ふ》きなさい。」

あーちゃんの声で我《われ》に返った。

ぼくの顔はきな粉《こ》だらけだった。

「今、お相撲《すもう》の人気はすごいのよ。国技館《こくぎかん》のチケット、めったに手に入らないくらい。日本男児なら、相撲《すもう》を取らなきゃダメよ。」

「ちょっと待ってよ。相撲《すもう》の人気って、あーちゃんとか父さんとか、相撲《すもう》を観《み》る人たちの人気ってことでしょ。サッカーや野球みたいに、プレーすることとは別じゃないか。」

「だいじょうぶだいじょうぶ。昔の男の子はみんな相撲《すもう》取ったんだから。」

話が嚙《か》み合《あ》わない！　いつものことだけど。

母さんに助けを求めたら、「とりあえず、やってみたら。」なんてニコニコしている。笑ってぼくを見るその表情《ひょうじょう》、あーちゃんにそっくりだ。

「日本人はみんな相撲《すもう》好《ず》きなの。伝統《でんとう》なの。だから国技館でやるの。織田《おだ》信《のぶ》長《なが》も大の相撲《すもう》好《ず》きだったんだから。何百年も前から、日本人は相撲《すもう》が好きだったのよ。」

伝統《でんとう》とか国技《こくぎ》とか言われてもなぁ。

あーちゃんの「先走り」も、うちの伝統《でんとう》みたいなもので、ぼくはそれに従《したが》うしかないんだ。

でもそれにしてもなぁ。相撲《すもう》って。

ちょっと待てよ。

あの廻《まわ》しを、ぼくがつけるってこと？

それで裸《はだか》で相撲《すもう》を取るの？

やだよ、やだよ！

やっぱり、ぼくにはムリなんじゃないかな。

あーちゃんと母さんは、もう別の話題に移《うつ》っている。

ふたりの笑顔《えがお》を見ながら、ぼくはふと思った。

あーちゃんは大のせっかち。思ったことをすぐに決めちゃう。みんなに相談してじっくりと決めるってことがない。

これって、気持ちが前へ前へ行ってるってことだよね。フワフワと落ち着きがないってこと。母さんにも似《に》たようなところがあるし。ぼくの「フワフワ」は、遺伝《いでん》なんじゃないか？

その翌日《よくじつ》。走《はし》り込《こ》むように教室に入った（また名札を忘《わす》れた！）。

さっそく、相撲大会《すもうたいかい》に出ることを美彩ちゃんに話した。

ぼくは「いやだいやだ。」って話したんだけど、美彩ちゃんは膝《ひざ》をこっちに向けて顔を輝《かがや》かせた。

「すごい！　がんばってね。」だって。

これにはびっくりした。

美彩ちゃんは大相撲《おおずもう》のファンなんだって。

美彩ちゃんのおじいちゃんが大の相撲好《すもうず》きで、美彩ちゃんは小さいころ

からおじいちゃんの膝《ひざ》の上で相撲中継《すもうちゅうけい》を観《み》ていたんだってさ。ぼくの胸《むね》がぽっと熱くなった。美彩ちゃんのうれしそうな顔を見られて、その顔はぼくに向けられていて。

あーちゃんの先走りに少しだけ感謝《かんしゃ》した。

まさか、美彩ちゃんが相撲好《すもうず》きだったなんて。「日本人ってみんな相撲好《すもうず》きなのよ。」って、ほんとうだったんだ！

５分前とは、ぼくの気持ちが全然ちがう。どんよりとしていた胸《むね》の中《なか》が快《かい》晴《せい》になったって感じ。

どうしてこんなにうれしいんだろう。……それははっきりしている。

美彩ちゃんの表情《ひょうじょう》だ。

美彩ちゃんがいつもぼくに向ける顔は、やさしいことはやさしいんだけど、ちょっとだけざんねんそうな感じが混《ま》じっている。美彩ちゃんがほかの女子たちと話すときの表情《ひょうじょう》とは少しちがうんだ。

ぼくが教科書を忘《わす》れたり、授業中《じゅぎょうちゅう》に話しかけたりすると、そんな顔でぼくを見る。

テストが返ってきたときも、「(かんたんな問題なのに) なんでできないの？」って顔をする。

でもぼくは、そんな美彩ちゃんもきらいじゃない。なんか、ダメなぼくをやさしくかまってくれているような気がしてさ。

そんなことからすると、いまの美彩ちゃんの顔は、心からうれしそうだったんだ。

美彩ちゃんを笑顔《えがお》にする相撲《すもう》って、どのくらいおもしろいものなんだ？

なんだか、すごくやる気が出てきたぞ。ぼくって単純《たんじゅん》だなぁ。

3　四股《しこ》はゆっくりやらなきゃダメ？

あーちゃんが『相撲入門《すもうにゅうもん》』という本を買ってくれた。写真やイラストがたくさんあって読みやすい。

相撲《すもう》は神事《しんじ》で、その歴史《れきし》や日本の伝統的《でんとうてき》な武道《ぶどう》ってことが最初に書いてあるんだけど、そういうのは全部すっとばした。

知りたいのはトレーニング方法だ。

稽古《けいこ》（相撲《すもう》では練習のことを稽古《けいこ》っていうんだ）の基本《きほん》は「四股《しこ》、すり足、鉄砲《てっぽう》」。その中でも**「四股《しこ》がいちばん重要」**って書いてある。

「まずは四股《しこ》」だって。足腰《あしこし》を強くするトレーニングだ。

四股《しこ》って……ただの下半身強化のトレーニングじゃないんだって。「神事」なんだって。

四股《しこ》は、地中の邪気《じゃき》を踏《ふ》みしめる。日本に多い自然災害《しぜんさいがい》を鎮《しず》めるってことにもつながる。地面を固めるってことなんだ。

ミニコラム

昔からお米などを栽培《さいばい》して主食にしていた日本人にとって、台風や干《かん》ばつ（雨が降《ふ》らないこと）、害虫の発生などの天変地異《てんぺんちい》は避《さ》けたいものでした。そして昔の人は、そうした天変地異《てんぺんちい》は地面の中の悪《あく》霊《りょう》が悪さをするせい、と考えていたのです。そこで、神様の力を借りて、強い男の人が大地を踏《ふ》みしめ、悪霊《あくりょう》が地面の中から出てこないようにするおまじない行為《こうい》が四股《しこ》なのです。ちなみに、四股《しこ》はもともと「醜足《しこあし》」とよばれていたともされます。醜という字には「強くて恐《おそ》ろしい」という意味もあります。

このことに、ぼくはすごく納得《なっとく》した。だから大相撲《おおずもう》の力士《りきし》たちはあんなに体が大きいんだよ。大きくて重い人のほうが、地面を固めるのにいいからね。

それから、おどろいたのは、四股《しこ》ってどこでも踏《ふ》めるってこと。相撲土俵《すもうどひょう》の上じゃなきゃダメだと思っていたんだけど、ちがうんだ。

家の庭でも、ぼくの部屋でも、どこでも四股《しこ》を踏《ふ》むことができる。なぜかというと、とても静かなトレーニングだから。

上げた足を下ろすとき、「ドスン！」と勢《いきお》いよく足《あし》の裏《うら》をたたきつけるイメージだったけど、静かにゆっくりと足を下ろす。そんな静か

なことで、トレーニングになるのかなって思っちゃう。

背筋《せすじ》を伸《の》ばして胸《むね》を張《は》る。腰《こし》を落とす。手を膝《ひざ》にそえる。右足を伸《の》ばしながら、左足を天に向けて上げていく。

このとき、体重が右足一本にかかる。さらに左足を伸《の》ばす。やじろべえになった自分を意識《いしき》する。息を吐《は》きながら左足を下ろす。つま先から着地する。その瞬間《しゅんかん》に左手で膝《ひざ》をポンとたたく。足《あし》の裏《うら》をつけたら腰《こし》を落《お》とし込《こ》む。体重を両足に均等《きんとう》にかける。今度は同じようにして右足を上げていく。

本のイラストを見ながら何度もやってみた。

姿勢《しせい》を保《たも》つのがなかなかむずかしい。だけどそんなにキツくない。

何回踏《ふ》むのか。この本には書いてない。

なぜ？　だって、どんなトレーニング方法だって「10回を3セット」なんて書いてあるもんじゃないか。

とりあえず、左右1回と数えて30回踏《ふ》んだ。じとっと汗《あせ》が出てくる。どんどんいけそうだ。翌日《よくじつ》には50回踏《ふ》んだ。

そんなときに、あーちゃんが遊びにきた。

四股《しこ》を始めたことを話すと、「まあ！」と輝《かがや》くような笑顔《えがお》になった。

でも、日に50回踏《ふ》んでると言うと、その顔が少しくもった。

「四股《しこ》を踏《ふ》んだあと、くたくたに疲《つか》れるかい？」

ぼくは胸《むね》を張《は》って首を横に振《ふ》った。１００回くらいいけそうなんだから。

「ダメだね。それ、やり方がまちがってるね。ふつうは50回も踏《ふ》めないよ。」

「ええっ！　ちゃんと本に書いてるとおりにやってるよ。足も高く上がるようになったんだよ。」

「翔ちゃん、1回四股《しこ》を踏《ふ》むのに、どのくらいの時間がかかる？」

「うーん、30秒くらいかな。」

あーちゃんは激《はげ》しく首と右手を横に振《ふ》った。

「ダメダメ。そんなんじゃダメ。もっとじっくりと。最低でも片方《かたほう》に1分かけなきゃ。左右で2分くらいかな。」

え？　そんなにゆっくりとはできないよ。

「その代わり回数を減《へ》らして10回にしなさい。1日10回。気持ちをこめて、

じっくりと四股《しこ》を踏《ふ》むのよ。」

「たったの10回？　それじゃトレーニングにならないよ。」

「なるの。足一本になったときの不安定な状態《じょうたい》を、できるだけ長くがまんするの。これが四股《しこ》の目的なの。だから10回で十分なの。1回1回に気持ちをこめるのよ。」

あーちゃんが笑顔《えがお》になった。

なんだ10回でいいのか、って思ったけど、できるだけゆっくり四股《しこ》を踏《ふ》むのはすごくむずかしい。

時計を目の前に置いて、なんとか1分がんばった。

そのときになにを考えているのか。なにも考えない。美彩ちゃんのことも。ただただ、時計の秒針《びょうしん》を見ながら姿勢《しせい》を保《たも》つことだけ。


20分間、なにかに集中したことって、これまでにあったかな？

1
2
3
4
5

4　相撲《すもう》はほかのスポーツとなにがちがう？

あーちゃんがやってきた。

四股《しこ》のことを話すと、両手を上げて顔をほころばせた。

「いいよいいよ！　とりあえずいいよ！　足腰《あしこし》に力がついてきたら、回数を増《ふ》やさないで、1回の時間を増《ふ》やしな。1回5分かけてできるようになったら、相撲部屋《すもうべや》に入門できるよ。」

あーちゃん、うれしくてたまらないって感じ。ぼくもなんだかうれしくなってくる。

でも、いつもとはちがって、フワフワしたうれしさじゃない。

四股《しこ》のことをほめられて、お腹《なか》の底のあたりがポッと熱くなるっていうか、そんな感じがする。

郵便はがき

112-8731

料金受取人払郵便

小石川局承認

1159

差出有効期間
2026年6月30
日まで
（切手不要）

東京都文京区音羽二丁目
十二番二十一号

講談社
児童図書編集 行

愛読者カード

今後の出版企画の参考にいたしたく存じます。ご記入の上
ご投函くださいますようお願いいたします。

お名前

ご購入された書店名

電話番号

メールアドレス

お答えを小社の広告等に用いさせていただいてよろしいでしょうか？
いずれかに○をつけてください。〈YES　NO　匿名ならYES〉

TY 000049-2405

この本の書名を
お書きください。

あなたの年齢　　歳（小学校　　年生　　中学校　　年生
高校　　年生　　大学　　年生）

●この本をお買いになったのは、どなたですか？

. 本人　2. 父母　3. 祖父母　4. その他（　　　　）

●この本をどこで購入されましたか？

. 書店　2. amazon などのネット書店

●この本をお求めになったきっかけは？（いくつでも結構です）

. 書店で実物を見て　2. 友人・知人からすすめられて
3. 図書館や学校で借りて気に入って　4. 新聞・雑誌・テレビの紹介
5. SNS での紹介記事を見て　6. ウェブサイトでの告知を見て
7. カバーのイラストや絵が好きだから　8. 作者やシリーズのファンだから
9. 著名人がすすめたから　10. その他（　　　　）

●電子書籍を購入・利用することはありますか？

. ひんぱんに購入する　2. 数回購入したことがある
3. ほとんど購入しない　4. ネットでの読み放題で電子書籍を読んだことがある

●最近おもしろかった本・まんが・ゲーム・映画・ドラマがあれば、教えてください。

★この本の感想や作者へのメッセージなどをお願いいたします。

「そうだ、翔ちゃん。相撲《すもう》って古くさくて、とっつきにくいって言ってたでしょ？」

いつもの早口とはちがって、ゆっくりと、ぼくの目を見て話す。

「でも相撲《すもう》ファンは大勢《おおぜい》いるでしょ。なんでかね。**相撲《すもう》の魅力《みりょく》をほかのスポーツとくらべてみるといいかも。**格闘技《かくとうぎ》がいいね。たとえば柔《じゅう》道《どう》、レスリング、ボクシングなんかと。そうすると相撲《すもう》のよいところがはっきりしてくるかも。相撲《すもう》の一番の魅力《みりょく》ってなんだろうね。」

あーちゃんはニヤリと笑って、「考えてみよう。次のお茶会までの宿題よ。」だって。

「え？」という感じだけど、おもしろいクイズだ。

「少しヒントをあげる。どうして小学生の相撲大会《すもうたいかい》があると思う？　そりゃ、柔道《じゅうどう》やレスリングでも大会はあるだろうけど、そういうのって道場に通っている人たちばかりの大会だろ。そこへいくと相撲《すもう》はちょっとちがうよね。翔ちゃんみたいに、相撲《すもう》を取ったことのない子どもでも出られる。なんでかね？」

おもしろい。

そう言われてみれば、相撲《すもう》って体の大きな人ばかりがやるイメージだけど、相撲大会《すもうたいかい》にはぼくのようなやせっぽちでも出られる。

階級制《かいきゅうせい》がないってところかな？

だけど階級制《かいきゅうせい》って、体重や体の大きさの不平等をなくすためのものだと思うから……。相撲《すもう》って、不平等だよね。

SUMO
BOXING
JUDO
WRESTLING

でもそれが、なんで魅力《みりょく》になるんだろう。

学校で美彩ちゃんにも聞いてみた。

美彩ちゃんは「おばあちゃん、おもしろいこと聞くね！」と顔を輝《かがや》かせる。

美彩ちゃんの顔、この前のときよりも、もっともっとうれしそうなんだ。

「うちのパパも言ってたよ。**あるものの魅力《みりょく》を考えるには、似《に》たものをもってきてくらべるといい、**って。相撲《すもう》とボクシングをくらべるのって、すごくおもしろい！　見た感じは全然ちがうけど、どっちも格闘技《かくとうぎ》だもんね。」

なんか美彩ちゃんって、やっぱり頭がいいなぁ。

ぼくなりに考えた。そのことばかりを考えた。

相撲《すもう》って、わかりやすいんじゃないかな。

とくに相撲《すもう》のルールが。

勝ち負けがわかりやすい。微妙《びみょう》な相撲《すもう》もあるけど、白黒がはっきりつく。

ぼくにだってわかる。

ボクシングはノックアウトのときはわかりやすいけど、判定《はんてい》だとわかりにくい。柔道《じゅうどう》やレスリングもそうだ。

そこへいくと、相撲《すもう》はわかりやすい。

相撲《すもう》はルールがシンプルなんだ！

ぼくがそれを言うと、美彩ちゃんは右手の人差し指をピンと伸《の》ばしてぼくの鼻先に向けた。

「それ！　それが答え。よく考えたね！」

美彩ちゃんにほめられて、メチャクチャにうれしかった！

家に帰ってそのことを言うと、あーちゃんは手をたたいて喜《よろこ》んでくれた。

「そうなんだよ。シンプルなんだ。土俵《どひょう》の外に出るか、足《あし》の裏《うら》以外を土俵《どひょう》についたら負け。それだけなんだよ。そういうルールが江戸時代《えどじだい》から続いているんだ。だから大人も子どもも、誰《だれ》が見ても楽しめるんだ。よく考えたね。」

そして、あーちゃんはこう言う。

「もうひとつ、大事なことがあるんだよ。格闘技《かくとうぎ》って、相手にダメージを与《あた》える技《わざ》が多いだろ。でも相撲《すもう》はそれがないんだよ。**荒々《あらあら》しいイメージがあるけど。がっぷり組んで、力を出して、相手を寄《よ》り切《き》る。これが基本《きほん》なんだ。**」

だから、小学生の大会があるんだ！

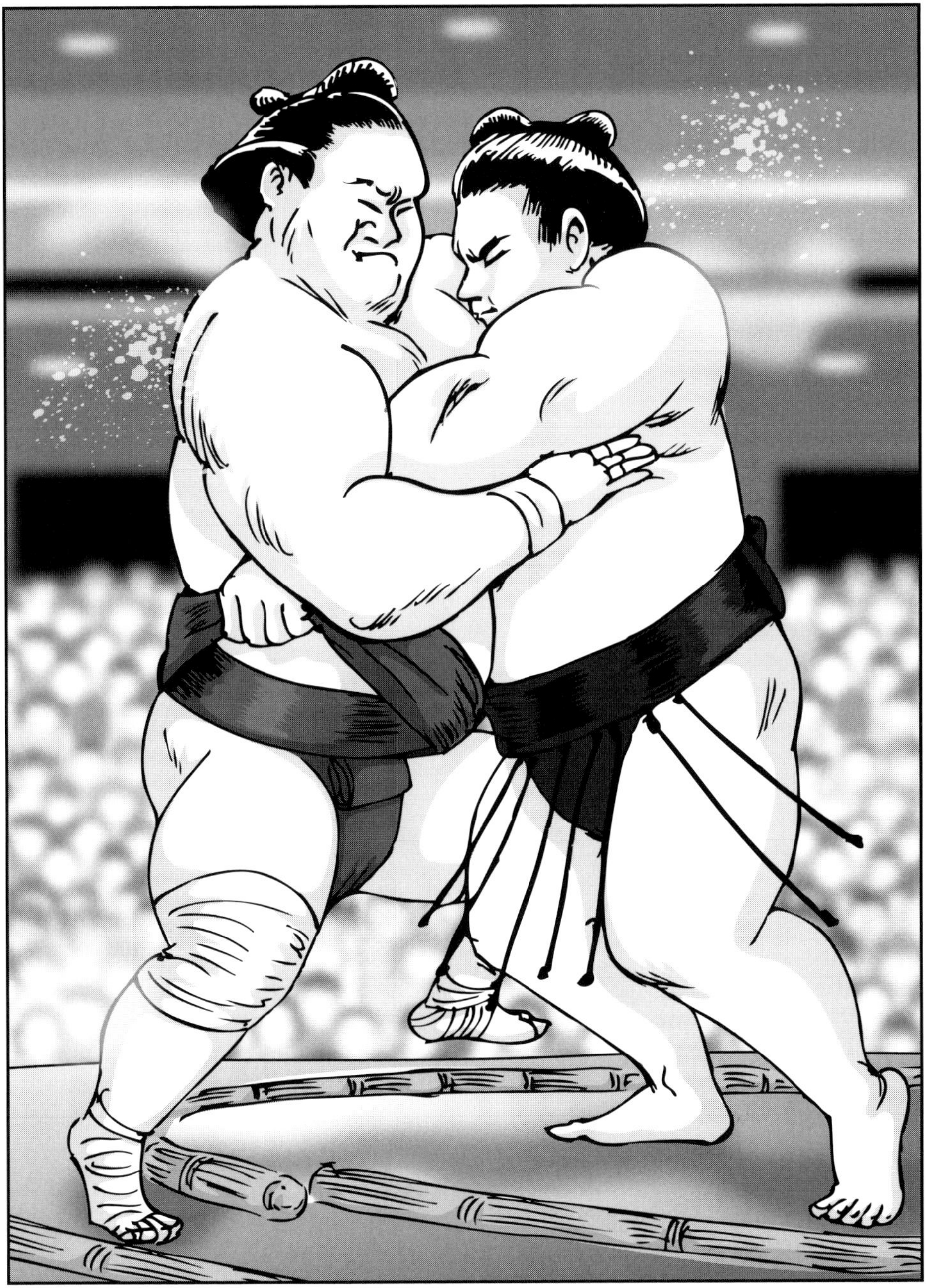

でも。立ち合いに張《は》り手《て》をする力士《りきし》もいるじゃん？

あれってボクシングのパンチといっしょじゃないか。

「子どもの大会では張《は》り手禁止《てきんし》なんだよ。高校や大学もね。プロになれば、そういう技《わざ》も出てくる。でもそれは、相手の上体を起こして自分の態勢《たいせい》を有利に持《も》ち込《こ》む技《わざ》なんだ。」

へえ！　そうなんだ。

あーちゃんと美彩ちゃんのおかげで、少しだけかしこくなったような。そして相撲《すもう》のことがけっこう好きになってきた。

相手にダメージを与《あた》えない格闘技《かくとうぎ》。これが日本の国技《こくぎ》なんだ。

それにしても。

相撲《すもう》のことを話す人って、なんでそろって、うれしそうな顔をするんだろう。

美彩ちゃんもあーちゃんも母さんも。そういう人が、日本中にいるのかな。

それから、ぼくが四股《しこ》をがんばっていることをあーちゃんはほめてくれた。

「四股《しこ》って、お腹《なか》の底に自信が生まれてくるんだってさ。じっと腰《こし》を落とすだろ。腰《こし》が据《す》わるんだね。」

あーちゃんは何度もうなずいた。

「わたしの見立てはまちがってなかった。よし。ご褒美《ほうび》だ。本物の相撲《すもう》、観《み》せてやろう。」

5　いざ、大迫力《だいはくりょく》の国技館！

あーちゃんが、ちょうど始まる「大相撲夏場所《おおずもうなつばしょ》（五月場所）」に、連れていってくれることになった！

両国国技館《りょうごくこくぎかん》での開催《かいさい》は人気があって、1階の枡席《ますせき》はなかなか取れないけど、2階の椅子席《いすせき》ならなんとかなるって。

土曜日、あーちゃんとふたりで両国へ行った。

前日の金曜日に、そのことを美彩ちゃんに話すと、飛び上がるようにして目を輝《かがや》かせた。ほんとうに美彩ちゃんのお尻《しり》が椅子《いす》から5センチくらい上がった。

「お相撲《すもう》さんにサインってもらえる？　もしもらえるんだったら、上乃空関《うわのそらぜき》のサイン、お願いできないかな！」

めずらしい美彩ちゃんのはしゃぎぶりに、ぼくも調子に乗っちゃって、「まかせとけ！」なんて言ったんだ。

さりげなくあーちゃんに聞くと、「それはムリ。本場所では、お相撲《すもう》さんとふれあうことはできないのよ。ファンは、観戦するだけ。」ときっぱりと言われた。

ミニコラム

大相撲《おおずもう》が行われる東京の両国国技館にはいろいろな座席《ざせき》の種類があり、枡席《ますせき》はそのひとつです。鉄パイプで囲《かこ》まれた約 1.3 メートル四方のスペースにカーペットが敷《し》いてあり、座布団《ざぶとん》が用意されています。

最高の晴天だ。お昼前にＪＲ両国駅《りょうごくえき》に降《お》り立《た》ったときから、なんだか周辺全体がゴキゲンな空気に包まれているんだ。

ほのかに甘《あま》いにおいがする。

「※鬢付《びんつ》け油《あぶら》のにおいだよ。」ってあーちゃんが教えてくれた。

力士《りきし》が髷《まげ》を結《ゆ》うときに使う油なんだって。

いままでにかいだことのない甘《あま》いにおい。これが駅にただよっていて、国技館に近づくにつれて強くなっていった。

国技館の柵《さく》にカラフルな※力士幟《りきしのぼり》がゆれている。力士《りきし》たちは浴衣姿《ゆかたすがた》で出入りする。ものすごく大きい（太っている！）力士《りきし》が、風呂敷《ふろしき》を片手《かたて》に国技館から出てきた。

館内もびっくりすることばかりだ。

吊《つ》り屋形《やかた》などの荘厳《そうごん》な舞台装置《ぶたいそうち》、呼《よ》び出《だ》しの声や※キの音《ね》、行司《ぎょうじ》の装束《しょうぞく》などの独特《どくとく》の空気感に、ぼくは圧倒《あっとう》された。

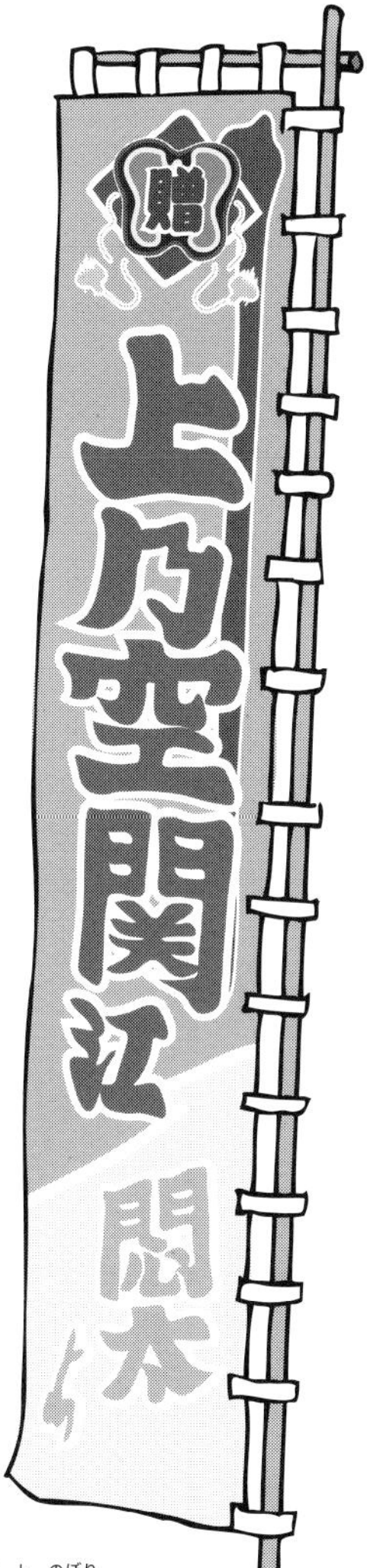

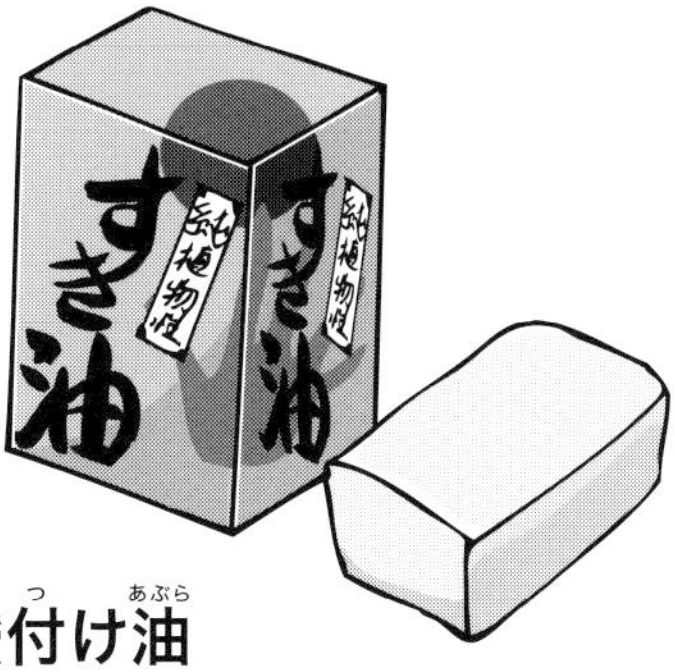

※鬢《びん》付《つ》け油《あぶら》

「すき油」ともよばれる、力士《りきし》の髷《まげ》を結《ゆ》うための油。菜種油や木蠟《もくろう》（ハゼノキなどからつくったロウ）などでつくり、独特《どくとく》の甘《あま》い香りがする。ちなみに鬢《びん》は耳ぎわの髪《かみ》の毛《け》のこと。

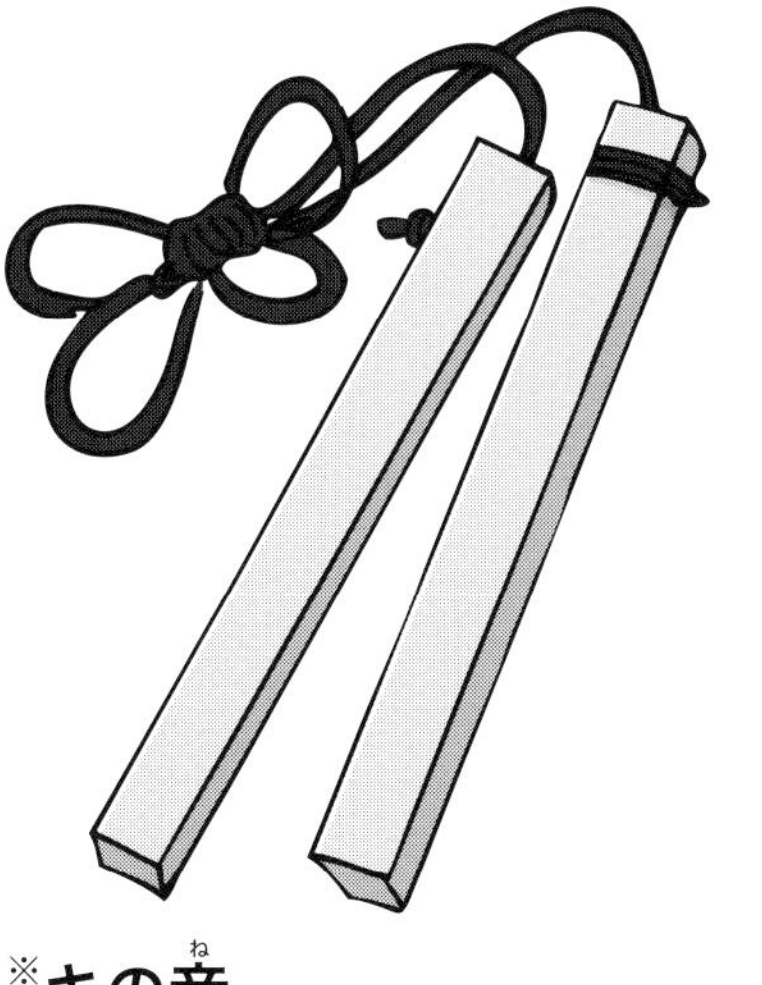

※力士幟《りきしのぼり》

高さ5.4メートル、幅《はば》70～90センチメートルくらいののぼり旗で、力士《りきし》や、力士《りきし》の所属《しょぞく》する部屋《へや》の名前が描《えが》かれている。力士《りきし》や部屋の後援《こうえん》者《しゃ》がつくって贈《おく》るもの。

※キの音《ね》

漢字で書くと「柝の音」。細長い木をぶつけ合う拍子木《ひょうしぎ》の音で、チョン、チョン、という高い音がする。大相撲《おおずもう》では幕内力士《まくうちりきし》たちが土俵入《どひょうい》りするときの合図として鳴らされたりする。

こっち
見て♡

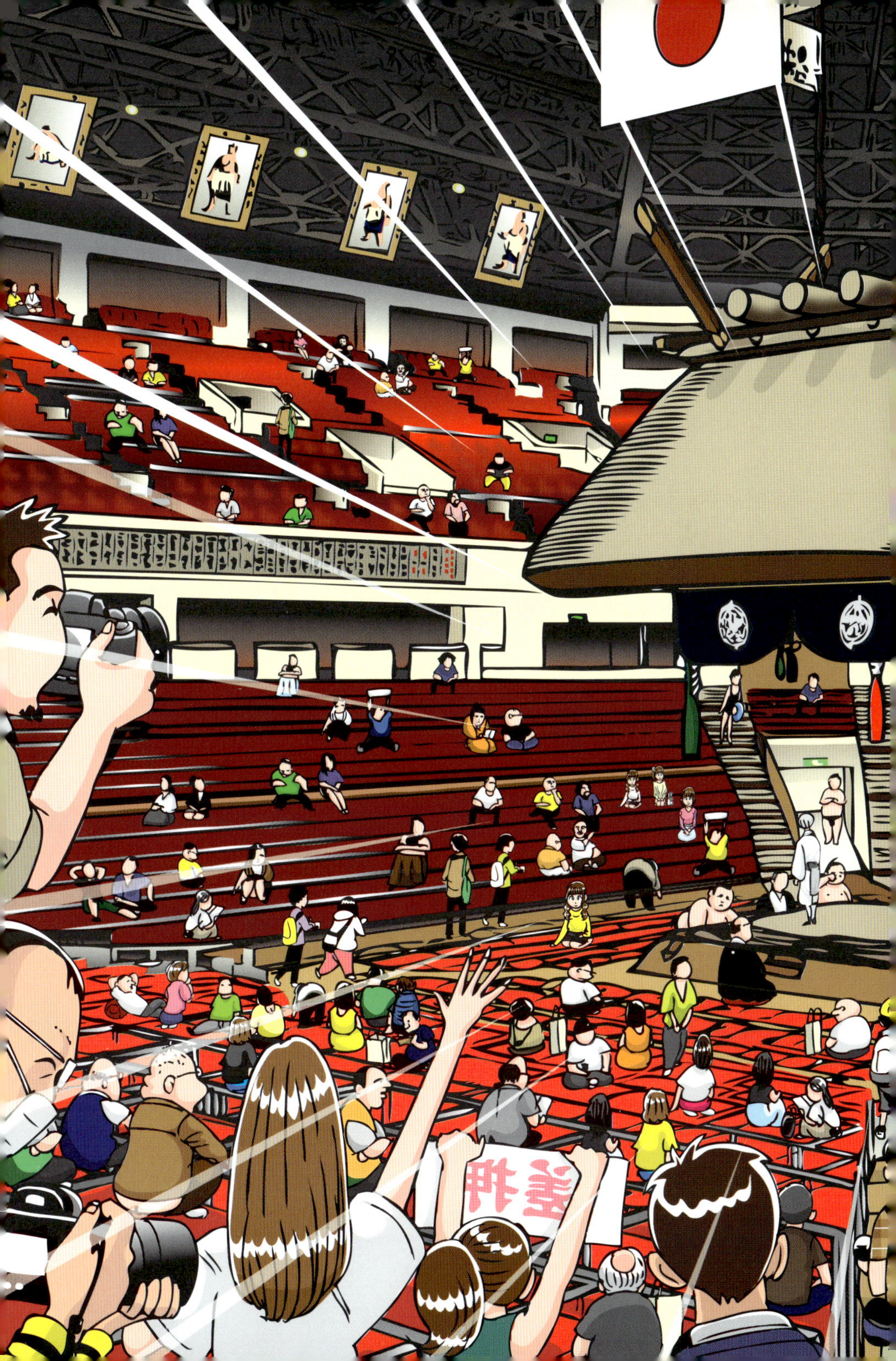

これが伝統《でんとう》なんだな、って自然と思える。

2階席からは土俵《どひょう》は小さく見えるけど、それでも十分だよ。ここまで、取組《とりくみ》の迫力《はくりょく》が伝わってくる。

なんといっても力士《りきし》の体つきのすごさ！

同じ人間とは思えないくらい強そうで、たくましい。

特に下半身の太さ！　どっしりとした安定感！

やっぱり四股《しこ》のおかげなんだ。

午後2時過《す》ぎには満員になった。お客さんたちがみんなうれしそうな顔をしている。

サッカー場とはちがって、対抗意識《たいこういしき》みたいな殺気《さっき》がない。国技館全体が華《はな》やいでいる。攻防《こうぼう》のすごい取組《とりくみ》に、一斉《いっせい》に拍手《はくしゅ》と歓声《かんせい》が沸《わ》く。勝った力士《りきし》はうれしいだろうな。

「さあ、これから幕内《まくうち》の取組《とりくみ》が始まるよ。そこでクイズを出そう。」

また、あーちゃんクイズだ。

でもなんか、今度はすぐにわかりそうな気もする。このところ急激《きゅうげき》に相撲《すもう》にくわしくなってきたし。

二番ほど取組《とりくみ》が進み、「じゃあ、いくよ。」とあーちゃんは言った。

「次の取組《とりくみ》をじっくりと観察して。取組《とりくみ》が終わったあとで、ひとつ質問《しつもん》するから。」

おもしろい。東西力士《りきし》の攻防《こうぼう》は激《はげ》しいけど、取組時間《とりくみじかん》は長くて30秒くらい。５秒もかからない勝負もある。

よし、なにもかもを暗記してやるぞ！

東方《ひがしかた》の力士《りきし》は紺《こん》の締《し》め込《こ》み。西方《にしかた》はスカイブルー。鮮《あざ》やかな締《し》め込《こ》みだ。

軍配《ぐんばい》が返り、立ち合い。東方《ひがしかた》が右に体《たい》をかわした。突進《とっしん》した西方《にしかた》はあっけなく土俵《どひょう》に手をついてしまった。

館内から「あーっ！」というため息がもれた。

このため息がすごい。申し合わせたわけでもないのに見事にそろっていた。それが２階席にまとめて上がってくる。

決まり手は「叩《はた》き込《こ》み」。

「こういう、攻防《こうぼう》のない相撲《すもう》は、つまらないね。だからお客さんからため息が出るんだ。」

「ブーイングしないの？」

「しないね。相撲《すもう》って、一方を非難《ひなん》するようなことはしないんだよ。今のた

※力士《りきし》が本場所で締《し》める絹《きぬ》でできた廻《まわ》し

め息は、取組《とりくみ》そのものに対する不満の表れ。」

「わかんない。どういうこと？」

「東の力士《りきし》が正面からぶつからずに体《たい》をかわしたこと。でも西の力士《りきし》も、その奇襲《きしゅう》にあっけなく手をついてしまったこと。両方に対してのため息なんだ。」

へえ。サッカーの試合では、ブーイングが楽しかったりするけど。相手選手に乱暴《らんぼう》なプレーが出ると、一致団結《いっちだんけつ》して「ウー！」ってうなる。相撲《すもう》って、そういうのがないんだ。

紺《こん》とスカイブルーの締《し》め込《こ》みが土俵《どひょう》から降《お》りて、次の取組《とりくみ》に出る力士《りきし》が四《し》股《こ》を踏《ふ》み始《はじ》めた。

「はい。クイズ。いいかな？」

「いいよ。かんたんだ。あっという間に勝負がついたし。」

「取組前《とりくみまえ》、力士《りきし》は四股《しこ》を踏《ふ》んだだろ。四股《しこ》の意味は知ってるよね。それ以外の動作もいくつかあったね。それぞれ、ちゃんと意味があるんだよ。」

え？　取組《とりくみ》のことばかりを見ていたから、意表を突《つ》かれた。

「まず、土俵《どひょう》に上がる前に、柄杓《ひしゃく》で水を口にしたね。あれは力水《ちからみず》。水でケガレを洗《あら》い流《なが》す、って意味があるんだ。」

「へえ。なんで水なんて飲むんだって思ったよ。」

「飲まないで、静かに吐《は》き出《だ》すんだよ。それから、※蹲踞《そんきょ》して柏手《かしわで》を打っただろ。蹲踞《そんきょ》は、相手を敬《うやま》い、精神統一《せいしんとういつ》するためのもの。柏手《かしわで》は参拝《さんぱい》といっしょで神様への敬意《けいい》だね。もうひとつ、両手を上に向ける動作があったろ。あれ

※背筋《せすじ》を伸《の》ばして足を開いてかがむ姿勢《しせい》

は武器《ぶき》などを持たずに正々堂々《せいせいどうどう》と戦う、ってことなんだ。」

「へえ！　全部、ちゃんとした意味があるんだね。」

「さあ、ここからがクイズ。仕切《しき》りの前に、何度か塩を撒《ま》いただろ。塩撒《しおま》きには、どんな意味があるでしょう？」

塩か！　力士《りきし》が土俵《どひょう》に撒《ま》く塩。西方《にしかた》は控《ひか》えめに、東方《ひがしかた》は盛大《せいだい》に撒《ま》いていたな。でも、なんかすぐにわかっちゃったけど。

「滑《すべ》り止《ど》めでしょ。土俵《どひょう》で滑《すべ》らないために塩を撒《ま》くんだ。」

「それもあるかもしれないけど、実用的なことばかりじゃなくて。お相撲《すもう》さんの動作には、必ず神事《しんじ》の意味合いがあるんだよね。」

「塩を撒《ま》くって……。そうか。白い塩で、土俵《どひょう》を清めるんだ！」

「大正解《だいせいかい》！　かなりの相撲通《すもうつう》になったね。**相撲《すもう》って五穀豊穣《ごこくほうじょう》、豊漁《ほうりょう》を願う神事《しんじ》なんだよ。**白い塩が土俵《どひょう》の邪気《じゃき》を祓《はら》ってくれるんだ。だから、清めの塩とか力塩《ちからじお》、なんて言うんだよ。」

へえ、と感心した。土俵《どひょう》だけのことじゃなくて、日本人が豊《ゆた》かに暮《く》らしていけるようにって願いもあるんだ。

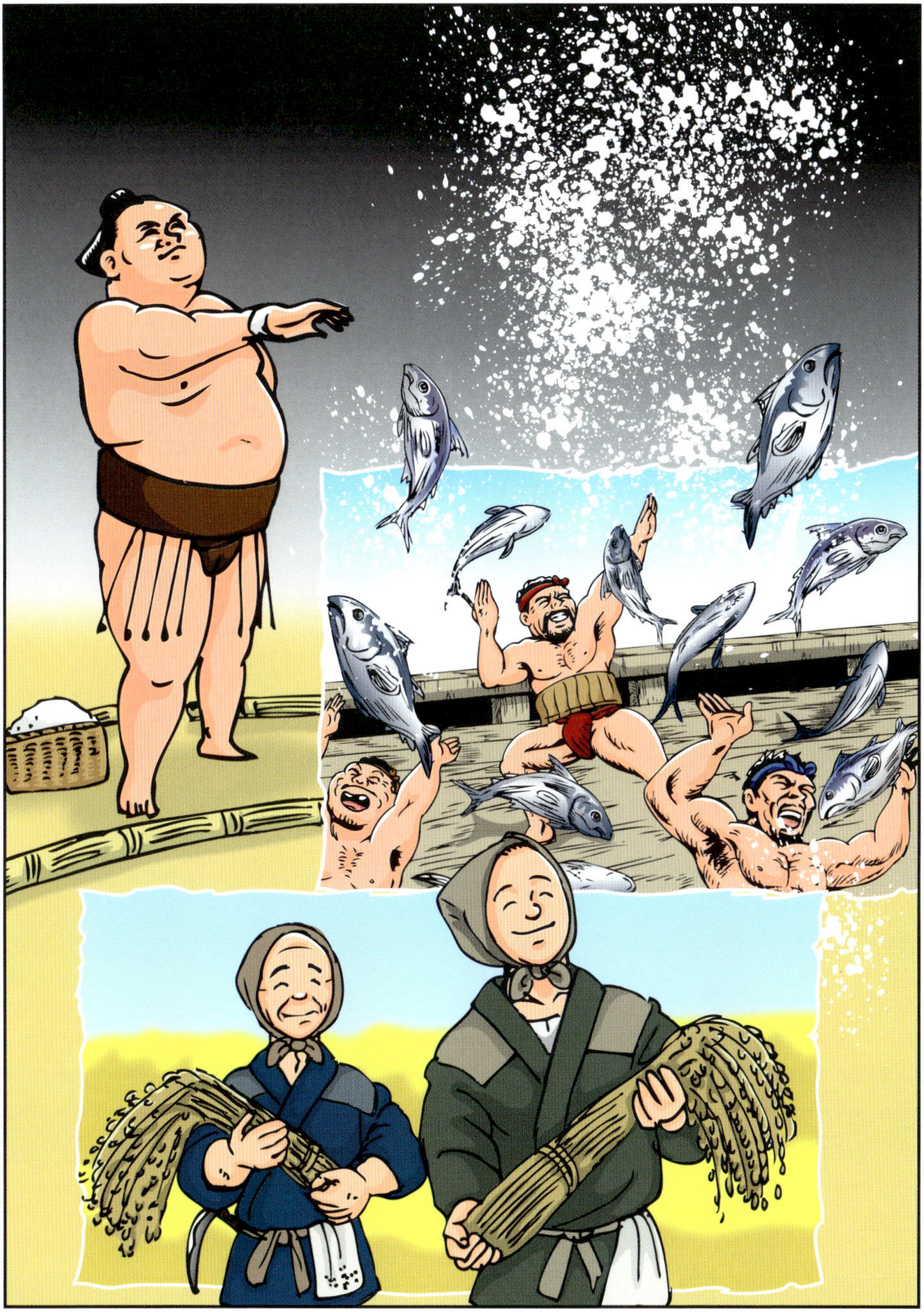

こういうことがわかると、相撲《すもう》ってただ勝ち負けを競《きそ》うだけのスポーツじゃないんだなって思える。

だからきっと、国技館にいるみんながうれしそうな顔をするんだ。このクイズ、美彩ちゃんに出そうかな。でも美彩ちゃんならかんたんに正解《せいかい》するだろう。でも、そういう話をするだけで、きっと楽しいぞ！

そこから、ぼくは力士《りきし》の動作をじっと観察した。ちなみに塩撒《しおま》きは十両《じゅうりょう》以上、つまり関取《せきとり》だけの特権《とっけん》なんだって。

結びの一番まで、あっという間だった。一番一番を夢中《むちゅう》になって見入った。本物の大相撲《おおずもう》を観《み》て、すごく気合が入った。

もうその日の夜から四股《しこ》に力が入った。**大相撲観戦《おおずもうかんせん》のおかげで、ぼくの頭には国技館の土俵《どひょう》の景色だけがある。ほかの余計《よけい》なことは考えない。**

10回やり切ったところで、美彩ちゃんの横顔を思った。少しはほめてくれるかな。

6　ぶっつけ本番！　初めての取組《とりくみ》

いよいよ相撲大会《すもうたいかい》だ。
小学校上級生の部は10人出場。トーナメント戦だ。
ちなみに、大相撲《おおずもう》ではないアマチュア相撲《ずもう》には行司《ぎょうじ》はいない。
白い上下の服を着た審判《しんぱん》。黒い蝶《ちょう》ネクタイをしている。大相撲《おおずもう》の行司《ぎょうじ》とは
ずいぶん感じがちがう。軍配《ぐんばい》も持っていない。
1回戦、ぼくの相手は――4年生の大栄健太郎《おおさかいけんたろう》くん。
ぼくより年下で背《せ》も低いけど、太っていて丸っこい。坊主頭《ぼうずあたま》で顔はやさし
そうだけど強そう。どっしりと腰《こし》が据《す》わっている感じだ。
ぼくは初めて廻《まわ》しをつけた。
そう、相撲《すもう》を取るのはぶっつけ本番なんだ。

うちの「おだんご会議」で、ぼくは提案《ていあん》した。「大会の前に、何度か廻《まわ》しをつけて稽古《けいこ》したいんだ。」って。

そうしたら、あーちゃんはすぐに右手を横に振《ふ》って、「いいのいいの。ぶっつけでいいの。」って言ったんだよ。

「時間もないし、あれこれやらなくていい。四股《しこ》だけ。翔ちゃんは四股《しこ》をしっかり踏《ふ》んでるから、それだけでいいんだよ。」

「だけど、それだけじゃ、絶対《ぜったい》に勝てないよ。」

「いいのいいの。四股《しこ》の成果を、相手にぶつけるだけでいいの。勝ち負けなんて、ずっとあとだよ。」

だから、ぶっつけ本番。

でもぼくはあーちゃんのアドバイスに感謝《かんしゃ》した。

あれやれこれやれって、いろいろなことを言われても、気が散るだけでダメだと思うから。

貸《か》し出《だ》しの白い廻《まわ》し。ひやりとした感じがぼくの腰《こし》まわりを覆《おお》う。最初は恥《は》ずかしいと思ったけど、廻《まわ》しをつけると不思議と雑念《ざつねん》が消えた。

それまでは、ぶっつけ本番ってことで心細くてしかたなかったんだ。それなのに不安感がなくなったのは……やっぱり四股《しこ》をしっかりと踏《ふ》んできたからだと思う。

それから夏場所の観戦。四股《しこ》のがんばりと観戦の感激《かんげき》が、ぼくの腹《はら》にずっしりとある。

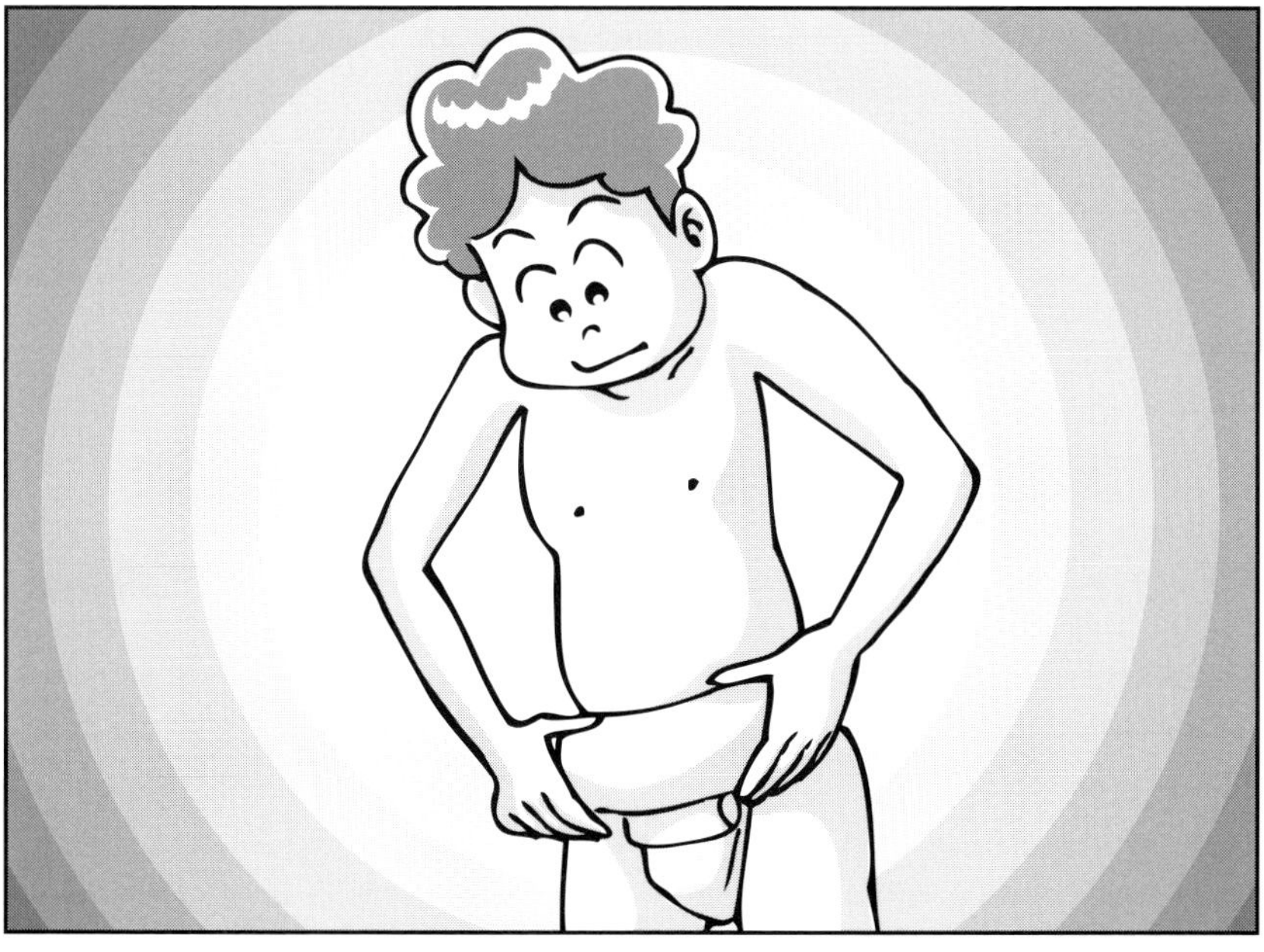

廻《まわ》しは、それをしっかりと包《つつ》み込《こ》んでくれるような気がした。

さあ、ぼくの出番だ。

ぼくの作戦はこうだ。立ち合いの直後、姿勢《しせい》を低くして相手の胸《むね》に飛《と》び込《こ》んで押《お》す。それだけ。

廻《まわ》しを取っての投げなんて、ぼくにはできない。

下へ、下へ、とにかく下へ。

低く入って相手を押《お》すだけ。それしかない。

始まった。

低く出た。と思ったら、もう目の前に坊主頭《ぼうずあたま》があった。

ぼくよりも低い！

もうその瞬間《しゅんかん》に吹《ふ》っ飛《と》ばされていた。突《つ》き出《だ》し。あっという間だった。背《せ》中《なか》から土俵《どひょう》の下に落ちた。

完敗！

いいところが全然なかった。

そのとき、すっと手が伸《の》びてきた。

大栄くんだ。ぼくを起こしてくれる。

「だいじょうぶ？」なんて、やさしそうな顔をしていた。

そのかすれた言葉と手の感触《かんしょく》にジーンとしてしまって。なんか、負けたくやしさを感じる間もなかった。

ぼくを起こしてくれたあと、大栄くんは言った。

「錦戸くんの四股《しこ》、きれいだね。あんなに足が上がるなんてすごいね。」

取組前《とりくみまえ》のぼくのことを、大栄くんは見ていたんだ！

なんだか、完敗したのに、すごくうれしくなってきた。

すごくうれしいのに、お腹《なか》にずっしりと気持ちがたまっている。フワフワ

したうれしさじゃないんだよ。

あーちゃんはぼくを抱《だ》きしめてくれた。恥《は》ずかしいよ！

「よく真正面からぶつかったね。翔ちゃんの勇気、すごいよ。」って。

母さんも父さんもニコニコとしている。

父さんは、「こりゃ、本気で角界入《かくかいい》りを考えたほうがいいかもな。小兵力士《こひょうりきし》で幕内《まくうち》を目指せ。」なんて言う。

相撲《すもう》のことを角力と書くこともあるんだって。それで相撲界《すもうかい》は「角界」なんだ。ちょっとおもしろい。土俵《どひょう》は丸いのに。

父さんの言葉は冗談《じょうだん》に決まっているけど、ぼくはすぐに首を横に振《ふ》った。

いくら四股《しこ》をがんばっても、勝てないものは勝てないよ。

「お相撲《すもう》さんってモテるんだぞ。気はやさしくて力持ちでさ。体の大きさなんて関係ない。しっかりと四股《しこ》を踏《ふ》めば、男っぷりがよくなるんだよな。」

ぼくは美彩ちゃんの顔を思い出して、息を詰《つ》まらせそうになった。

7　ドッシリなぼく

相撲大会《すもうたいかい》の夜はうちで鍋《なべ》パーティだ。

母さんとあーちゃんが協力してちゃんこ鍋《なべ》を作ってくれた。

ぼくはお肉なら牛肉か豚肉《ぶたにく》が好きなんだけど、**ちゃんこ鍋《なべ》の基本《きほん》は鶏肉《とりにく》。**

相撲《すもう》は手をついたら負けだから、手（羽）を地面につかない鶏《とり》がいいんだ。

こういうのを「ゲンを担《かつ》ぐ」っていうんだって。

あと、ちゃんこ鍋《なべ》全体が白っぽい。

鶏《とり》もも肉、鶏《とり》つくね、木綿豆腐《もめんどうふ》、ねぎ、白菜、えのきだけ。青菜とかしいたけとか、濃《こ》い色の具材はない。

「これも、白星《しろぼし》を願ってのゲン担《かつ》ぎなんだよ。」って、あーちゃんが教えてくれた。

おもしろい！　特製《とくせい》ちゃんこ鍋《なべ》は、とてもおいしかった！

その翌日《よくじつ》、ぼくは胸《むね》を張《は》って登校した。ちゃんと名札も左胸《ひだりむね》にある。

ぼくは席につくと、まずちゃんこ鍋《なべ》のウンチクを美彩ちゃんに話そうとした。そうしたら、珍《めずら》しく美彩ちゃんのほうから話しかけてきたんだ。

美彩ちゃん、相撲大会《すもうたいかい》を観《み》てたって！

「低い姿勢《しせい》、カッコよかったよ。」

いままでに見た一番の笑顔《えがお》だった。

ぼくの頭は真っ白になった。

「負けっぷりがいいね。もっと強くなる感

じ。自分でもそう思うでしょ。来年はきっと勝てるよ。」

それからあとのことは、よく覚えてないんだよ。

あーちゃんがいろいろと調べてくれて、隣町《となりまち》の相撲道場《すもうどうじょう》を見つけてきた。あーちゃん得意《とくい》の先走り、我《わ》が家《や》の伝統《でんとう》。今度ばかりは「イーネ！」って感じかな。

大栄くんも通っている道場だ。そこに土日、行くことになった。大栄くんと稽古《けいこ》できると思うと、ワクワクしてくる。

こういう展開《てんかい》、自分でも不思議でしょうがない。

ぼくは小学校のクラブ活動はサッカー部に入らなかった。

読書部に入った。

どっしりと椅子《いす》に腰《こし》を据《す》えて、本を読みたくなった。美彩ちゃんに話しかけたくなりそうなところをがまんして、本に集中するんだ。

おわり

おはなし
日本文化
ひとくちメモ

五穀豊穣《ごこくほうじょう》を願い 貴族《きぞく》から武士《ぶし》、政治家《せいじか》まで さまざまな人に 親しまれた相撲《すもう》

相撲《すもう》は時代とともにさまざまな役割《やくわり》を担《にな》い続《つづ》けてきました。ときには禁止《きんし》されたり、廃止《はいし》されたりする危機《きき》もありました。いまの相撲《すもう》はそうした変化を乗《の》り越《こ》えて続いているのです。

神話にも残る力比《ちからくら》べ伝説

相撲《すもう》はとても長い歴史《れきし》をもっていて、古事記《こじき》（712年）や日本書紀《にほんしょき》（720年）に書かれている「力比《ちからくら》べ」にその起源《きげん》を見《み》いだすことができます。

たとえば、『古事記《こじき》』では建御雷神《たけみかづちのかみ》と建御名方神《たけみなかたのかみ》が力《ちから》比《くら》べをしたとされています。

また『日本書紀《にほんしょき》』だと、垂仁天皇《すいにんてんのう》の時代に野見宿禰《のみのすくね》と当麻蹴速《たいまのけはや》というふたりが力比《ちからくら》べをしたという伝説が残っています。

奈良時代《ならじだい》から平安時代《へいあんじだい》には、相撲節会《すまいのせちえ》という、いまにつながる相撲《すもう》の原型《げんけい》が、宮中の行事として開かれるようになりました。

このころの相撲《すもう》は単なる力比《ちからくら》べではなく、五穀豊穣《ごこくほうじょう》（農作物が豊《ゆた》かに実ること）を願って行われていました。

『芳年武者无類《よしとしむしゃぶるい》　野見宿祢《のみのすくね》　當麻蹴速《たいまのけはや》』月岡芳年《つきおかよしとし》

神事《しんじ》から エンターテインメントへ

室町《むろまち》時代《じだい》、時代の主役が貴族《きぞく》から武士《ぶし》や町人《ちょうにん》たちになると、相撲《すもう》はより多くの人たちに親しまれるようになりました。

鎌倉幕府《かまくらばくふ》を開いた源頼朝《みなもとのよりとも》や、戦国武《せんごくぶ》将《しょう》として有名な織田信長《おだのぶなが》も大の相撲好《すもうず》きだったと伝えられています。

安土桃山時代《あづちももやまじだい》には、職業《しょくぎょう》として相撲《すもう》を取る力士《りきし》のような人たちが現《あらわ》れ、地方巡《ちほうじゅん》業《ぎょう》も行われるようになりました。

江戸時代《えどじだい》になっても相撲人気《すもうにんき》は続きます。でも、人々が熱狂《ねっきょう》しすぎてケンカや事件《じけん》がよく起きたため、幕府《ばくふ》は人々が勝

「勧進大相撲興行之図《かんじんおおずもうこうぎょうのず》　場内」歌川国貞《うたがわくにさだ》

手に相撲《すもう》を取ることを禁止《きんし》します。そこで、いまの大相撲《おおずもう》につながるさまざまなルールや、組織《そしき》などがつくられました。

　こうして、いまの大相撲《おおずもう》の制度《せいど》の基礎《きそ》ができあがっていったのです。

ピンチを乗《の》り越《こ》え日本の文化に

　明治時代《めいじじだい》に、相撲《すもう》はピンチに見舞《みま》われます。日本に西洋の文化が入ってくると「裸《はだか》で行う相撲《すもう》は野蛮《やばん》だ」として、相撲廃止論《すもうはいしろん》が出てきたのです。

　しかし、初代総理大臣《そうりだいじん》の伊藤博文《いとうひろぶみ》や、板垣退助《いたがきたいすけ》など、相撲《すもう》好《ず》きな政府要人《せいふようじん》たちの協力を得《え》て、相撲《すもう》は文化として残ることになりました。

　一言で「相撲《すもう》」といっても、時代によってその扱《あつか》われ方《かた》は変わります。そして、時代の変化という荒波《あらなみ》を受けてなお続いているものを文化とよぶのでしょう。みなさんもぜひ一度、実際《じっさい》に相撲《すもう》を見て、その臨場感《りんじょうかん》、力士《りきし》のみなさんのすごさを実感してみてください。

須藤靖貴｜すどう やすたか

1964年、東京都生まれ。駒澤大学文学部卒業。スポーツ誌の編集者などを経て、1999年第5回小説新潮長篇新人賞を受賞し、作家デビュー。おもな作品に、『抱きしめたい』『どまんなか1～3』『おれ、力士になる』『3年7組食物調理科』『小説の書きかた』『運動会小説 走れ！ ヒットン』（以上、講談社）、『消えた大関』(PHP研究所)、『デッドヒート（上・中・下）』(角川春樹事務所)、「スクールセイバー」シリーズ、『フルスウィング』『押し出せ青春』『セコンドアウト』（以上、小学館)、『俺はどしゃぶり』(光文社）などがある。

福島モンタ｜ふくしま モンタ

愛知県生まれ。七色の絵柄を持つ、マンガ家・イラストレーター。テレビ番組のエピソード再現イラストや雑誌などで幅広く活躍中。書籍の挿絵・装画も数多く手掛けるほか、Eテレの番組「シャキーン！」にも出演。大の相撲好きで、荒汐部屋の公式サイトでマンガを連載するなどしている。ペンネームは愛犬の名前。

参考資料

- 『大相撲史入門』池田雅雄／角川ソフィア文庫
- 『力士はなぜ四股を踏むのか？　大相撲の「なぜ？」がすべてわかる本。』工藤隆一／日東書院
- 『大相撲の解剖図鑑』伊藤勝治（監修）／エクスナレッジ
- 『だれかに話したくなる相撲のはなし』十枝慶二／海竜社
- 日本相撲協会ウェブサイト https://www.sumo.or.jp

おはなし日本文化《にほんぶんか》　相撲《すもう》

ドッシリ！　どす恋《こい》

2024年12月17日　第1刷発行

作　須藤靖貴《すどうやすたか》
絵　福島《ふくしま》モンタ

発行者　安永尚人
発行所　株式会社講談社
〒112-8001 東京都文京区音羽2-12-21
電話　編集 03-5395-3535
　　　販売 03-5395-3625
　　　業務 03-5395-3615
印刷所　共同印刷株式会社
製本所　島田製本株式会社

KODANSHA

N.D.C.913 79p 22cm ©Yasutaka Sudo / Monta Fukushima 2024 Printed in Japan ISBN978-4-06-537663-8

ブックデザイン／脇田明日香　コラム／編集部